Katalusis

Angélique Inacio

Katalusis

Recueil

LE LYS BLEU
ÉDITIONS

ISBN : 979-10-377-7339-5

Dans la ronde frénétique de nos existences,
notre quête effrénée du bonheur se caractérise
par un chemin plus ou moins tortueux,
vertigineux et parfois pentu.

Et malgré les épreuves et les **étapes de vie**,
quels que soient les éclaircies, les lueurs, les maux,
les sourires, les pleurs, les peurs, les silences,
les pertes et les fracas
au détour d'un croisement,
la vie nous rappelle
que **cela chemine**, qu'un cycle s'accomplit,
se termine et se redéfinit
et qu'elle est, malgré tout, belle ainsi.

Entière, car unique et à part.
Libre, car chacune et chacun est
un **canal de diffusion**
de tant d'énergies qui nous traversent
pour nous emplir et nous vider à la fois.

Belle car la **magie de l'instant présent**
en transcende toutes les saveurs.

Juste cet instant, l'apprécier, l'accueillir,
le cueillir dans ce qu'il a de précieux,
merveilleux et inédit.
C'est sans doute cet instant précis
qui est hors du temps.
Parce qu'il touche tant aux rituels,
qu'aux saveurs de bénédictions et
de sacralisations,
que notre être profond en demande encore.
Comme, bercés, par les battements hypnotiques
de notre cœur, par ce rythme lent,
assourdissant et vibrant,
au travers nos entrailles,
à travers nos cavités,
nous retrouvons cet **état fœtal**
si apaisant et confiné.

En un lieu où tout est suspendu,
dans une délicate atmosphère
d'élaboration du vivant
où la simple cellule est une **particule**
aux myriades de possibles.

Il est cette simple possibilité
de s'extirper, de ritualiser
de connecter, de célébrer
par le verbe, l'imaginaire
et tous nos sens en ébullition,
notre liberté intérieure.

C’est le chemin
de soi
vers soi
et en soi,
vers cette transformation,
en un lieu de halte et de repos :

Katalusis,
Ô flots métamorphiques !

Par-delà

Le plafond de verre

Ces éclairs-ci

Dans ma vie :

Merci

Angélique Inacio

1
Si

Si **un jour** tu prends cette plume ou ce clavier
pour coucher tous **ces mots** sur ce papier
pour remplir cette feuille blanche
comme pour poser délicatement ces maux
comme **pour alléger ce cœur**
et vider ce cerveau
sans doute y dissiper ces douleurs
jeter les ombres au caniveau

ainsi peut-être ton esprit ira-t-il se percher au bout de
cette branche ?
aussi léger que cet oiseau !
sans bruit
à **remercier la vie**
de **là-haut** !

Au crépuscule de ma vie,
À l'occasion d'un printemps,
Juste pour ce précieux présent,

Je dédie cet instant à TOI, mon Enfant.

2
Les mots pour vous le dire

Promets-Moi d'**Être Toi !**

À cet Enfant que j'ai tenté de protéger au fond de moi
À cet Enfant qui a réussi à survivre aux combats
À cet Enfant qui a réussi à grandir et à garder ce sourire

À ses cris de **Résistance**
Comme un écho par intermittences
À ses silences qui ont duré jusqu'au jour
Où le tonnerre fit frémir les vautours
À cette impatience
En quête de **Résilience**

Merci à cette Peur de sortir de ta bulle
Merci à ton Cœur et ton Corps d'avoir supporté ce poids
Merci d'avoir lâché un jour ce **Feu** qui bouillonne au fond de Toi
Merci de l'avoir délivré
Merci de t'être relevé et **Révélé** !

Merci à ma Grande Fille, pour sa **Noblesse d'Âme**
Merci aux échanges avec mes Amies et Amis
Merci à ma Famille pour cette fameuse **Patience de toute une Vie**.
Merci aux conflits que je croyais ennemis.

Je VOUS M,
Je M'aime,
Et Je NOUS M.

3
Le temps et l'Éther

Le **Temps** serait un **Cadeau**, dit-on !
Il offre l'occasion d'apprendre de nos **Expériences**
et de percer les **Mystères** de notre **Être Profond**.

Et dans nos abîmes les **Blessures** nous rendent
Vulnérables
à l'image d'Achille.
Elles se révèlent au grand jour, montant de cette
cheminée
puisant au milieu de la terre ce **Puissant Magma**.

Tout comme lui, notre Être est Incandescent,
notre **Essence Profonde** bouillonne, rougit et
jaillit de la faille, quelle délicate blessure !
Elle est si profonde en notre **Cœur**
et dans notre Corps si imprégné.
Ce processus naturel a l'air d'être porté

par cet élan de vie
qui agite tant notre organisme !

Curieusement, la terre nous enseigne
que la nature offre la possibilité de faire jaillir
À la lumière du grand Jour
ce qui est caché en nous !
Au risque de douleurs
Au risque de doux leurres
Au risque de se perdre
ou d'être paralysé par cette peur
La peur qui dit tout simplement : c'est l'heure !
Chaque moment passe au final comme magistral !
Nous sommes un canal vital !

Nous sommes configurés Terriens !

4
Les maux et les mots

Tous ces maux, je les **Exorcise**, ici et maintenant,
Je les couche sur cette page blanche
les associe et les marie avec **ma Plume**.

Tous ces maux, je les fais danser et chanter
Afin de Sortir de l'Abîme
des Lamentations et des Peurs
Afin de **Révéler à la Lumière** de Monde
Leur Essence profonde.

Tous ces maux, je les **Remercie de s'Exprimer**,
d'**Honorer mon Corps et mon Esprit**,
par leurs Messages
tout au long de ce **Chemin de VIE**.

Tous ces maux, mon inconscient les accouche
à **chaque Vibration** invisible et inaudible

car leur Intensité, par leur Feu,
trouve si peu de mots justes et délicats
pour les **faire Exister**.

Tous ces maux, aussi petits et grands soient-ils,
ont un écho dans le **Vivant**,
et un jour, au gré des vents et à travers le temps
ils s'évaporent au firmament.
Les corps expulsent pour **se Délivrer**
d'un fardeau bien trop lourd
pour une Vie ici, si courte !

Aussi, Tous ces maux sont délivrés par les mots,
les courbes de leurs lettres et le **Pouvoir** de
Délivrance qu'ils ont
sur l'inconscient,
quand bien même la reconnaissance,
et au diable les mensonges éhontés !
la Lumière sait et lave de toutes les zones d'ombres
oh belles **Âmes** égarées !

5
Vision de sang

L'enfant bouge de jour en jour de plus belle.
Et il arrive, il est là !

Je vois d'ailleurs
la couleur de ses cheveux englués
sur son si petit crâne,
Plus je pousse
et plus il prend place dans ma réalité,
je découvre sa forme,
sa peau,
sa douceur
et bientôt son cri fait retentir sa voix.

L'enfant est là : elle est là.
Son cœur bat !
Elle cherche de sa bouche déjà à téter
et de ses petits doigts à tâter
pour faire du monde, son monde.

L’enfant est là : dans mes bras.

Puis je la vois dans mes draps blancs,
couchée dans un bain de sang !
ma frayeur est telle
que je ressens le froid me prendre
et mon esprit me demander
comment ai-je pu t’écraser ?
Ma bien-aimée ?
et me rendre à la réalité
que c’était ce fameux songe
de cette nuit où tu es née !

Quelle félicité !

6
Songe d'une nuit

À genoux, cet Indien avait l'air d'un vrai chef !
Il me défigurait et me fixait droit dans les yeux.

Sur son torse de fines bouteilles tatouées
plus ou moins petites,
jaune et orange.
Sur sa peau brune,
comme un message à décrypter.

Il me dit : Tu es à la bonne place.
Et si tu fais comme cela c'est mieux :
il me montre en posant la tête au sol et
en soulevant tout le reste du corps
Me sourit :
Le monde à l'envers.

7
Vision de scorpions

Vision de situations complexes, de trahisons
et de perfidies.
Je suis debout,
tee-shirt blanc aux manches courtes
pantalon jean noir.
Ma tête est légèrement basculée en arrière
et mon corps se balance

comme si je dansais doucement,
peut-être **en transe**.

Et là, trois scorpions, petits, noirs,
bien accrochés
À mon tee-shirt.
Un à chaque sein
et un au niveau du cœur.

Celui accroché au cœur essaie de s'envoler,
on dirait qu'il a presque des ailes,
si bien que je suis en joie,
je continue de danser et
lève la tête au ciel et les yeux en l'air.

Dans cette salle, où je suis au centre,
en train de danser,
un escalier est au fond à gauche.
Un escalier qui monte
et au palier, pour monter
un autre scorpion,
plus gros,
immobile, noir.

Dans cette salle, à droite,
cette femme, qui a l'air géante,
imposante par la prépondérance de sa poitrine.
Elle a l'air fâchée,
elle crie, elle hurle, comme à son habitude
quand elle a peur,
quand tout ne va pas comme elle l'exige.

Même pas peur !
Et je **continue de danser**.

8
Au bout des mots : la lumière

Dans l'obscurité, il y a toujours une **LUMIÈRE**,
À bien chercher, **JE** la piste quels que soient les **CHEMINS**,
Je la trouve,
là où **UN** finit !

Et je la **PORTE** presque dans le creux de mes mains,
si ce ne sont pas mes reins.
À lui souffler de la **DOUCEUR**
Je vois **NAÎTRE** tant de belles **COULEURS** !

Comme un **TRÉSOR**,
Elle guide Mes pas
Vers la **Meilleure Version de Moi-même** :
Comme c'est beau quand **tu t'aimes** !
À l'IN**FINI** !

Tout arrive au final !

9
La vie en couleurs

Il y a des jours, il y a des lunes
où **je M'AUTORISE** à **CHANGER**
À **LÂCHER PRISE**
À prendre de l'**ALTITUDE**
À CHANGER JUSTE de LUNETTES.

J'ose mes lunettes aux verres teintées de ROSE
pour appuyer sur **PAUSE**

J'ose porter mes lunettes aux verres teintés de BLEU
pour SENTIR et **ÊTRE HEUREUX DE SI PEU**,

J'alterne aussi avec mes lunettes aux verres couleur
VIOLET
pour **ADMIRER, MÉDITER et s'ANCRER**.

Puis celles aux verres couleur JAUNE
pour TOUCHER cette part de SOI-MÊME
qui **DONNE, S'ABANDONNE et PARDONNE**.

Et tandis que les lunettes VERTES
TRANSCENDENT **LE TEMPS ET L'ESPACE**
mes lunettes teintées ORANGE
tentent de DÉCRYPTER LA **DANSE DES ANGES**

10
À corps ouvert

Je passerai bien ma main
Dans ton cou
Doucement
Délicatement
Pour ensuite l'embrasser
Du bout de mes lèvres
Tout en faisant glisser mes doigts le long de tes seins
et de ton ventre
Peut-être juste laisser glisser
le bout de ton nez devant
À travers le délicat tissu
Et tes mains en dessous glissant dans ton dos

Par cet égarement délicat,
sentir monter cet embrasement des sens.

Simplement, juste en fermant les yeux
Sentir de plus en plus profondément

le souffle à la fois s'accélérer et se couper
Suivre le rythme lancinant
de nos cœurs qui s'emballent
Comme c'est si bon de savourer ce qui se passe
au travers tous ces frémissements, n'est-ce pas ?

J'apprécie le temps que tu nous donnes

J'apprécie le cheminement de ta main
sur la peau de mon corps tout frémissant
J'apprécie sentir ton souffle parcourir
les parties de mon corps

J'apprécie aussi sentir les grains de ta peau
frémir progressivement
J'apprécie entendre le rythme de ton cœur s'accélérer

J'apprécie la chaleur qui embrase
notre esprit et notre corps
L'intention et l'attention dans le geste entraînent
une réaction
chez moi et en moi très sensuelle
Envie de te lover
de mes mains
dans ton cou
et dans ta douce chevelure

Envie de me lover

dans tes reins
avec mes jambes

Envie de te titiller les seins
avec le bout de mes dents, de mes lèvres et de ma langue humide
Ma langue passerait sur tes seins

Glisser mes doigts sur tes épaules et ton dos
Le dos de ma main sur l'intérieur de tes cuisses

Tu sens monter la fièvre au contact

Je risque de t'étreindre plus intensément dans mes bras
Je risque de te soulever
Je risque de t'élever
Je risque de te faire prendre de l'altitude

Nous faire monter
Au septième Ciel
Là où tout est assourdissant,
Là où tout est étourdissant,
Là où tout est éblouissant,
Là où tout est exaltant,
Au firmament.

11
À cœur ouvert

Dis-moi, dis-moi des mots
Dis-moi, dis-moi des mots d'amour
Dis-moi, dis-moi des mots
Dis-moi, dis-moi des mots de tous les jours

Tous ces mots qui font se sentir juste bien
Tous ces mots qui se chuchotent
Tous ces mots qui vont droit au cœur
Tous ces mots qui transportent

Dis-moi, dis-moi des mots
Dis-moi, dis-moi des mots d'amour
Dis-moi, dis-moi des mots
Dis-moi, dis-moi des mots de tous les jours

Les mots qui t'embrasent
Les mots qui m'enflamment

Les mots qui nous damnent
Les mots qui nous collent à la peau

Dis-moi, dis-moi des mots
Dis-moi, dis-moi des mots d'amour
Dis-moi, dis-moi des mots
Des mots de tous les jours

Envoie-moi tes mélodies
Envoie-moi tes sons
Et j'en fais notre chanson
Celle que nous chantons à l'unisson !

Dis-moi, dis-moi les mots
Dis-moi, dis-moi les mots d'amour
Dis-moi, dis-moi tes mots
Dis-moi, dis-moi des mots de tous nos jours !

12
OH toi ! superbe lumière !

Prends Possession de ton Ciel !
Qu'il soit Doux et Clément !

Que malgré le Vent et la Pluie
Tu puisses garder à l'esprit de t'abreuver à la Source !

Que tu puisses sentir la Force couler en Toi !
Que tu Vives Pleinement
Cet Instant d'Acceptation, d'Apprentissages
et d'Émerveillement !

Sache qu'au-dessus d'un Océan de Nuages,
Il y a toujours La Lumière qui inonde l'Espace
Aucun recoin ne lui échappe !

Sache qu'au bout du tunnel,
Il y a toujours toujours et encore la Lumière.
Aucune part d'Ombres ne lui résiste.
Aucune part d'Ombres n'a de secret pour elle.
Plus tu t'en approches
et plus elle scintille
et plus elle t'envahit.

Elle guide chacun de nos pas,
Elle guide tes pas vers le Soi, en Toi,
Au plus profond de Ton Temple,
Ton Cœur la sent,
Et la flamme de la bougie que tu portes s'apaisera
et tu la verras en Toi.

13
Un pas vers soi, deux pas en soi

Me sentir vibrer tellement de l'intérieur
Comme si j'étais en suspension dans l'Air
Comme transportée
Aussi légère qu'une plume

Comme si mon corps est ce foyer
Dont les braises sont ravivées
Par cet air aspiré au plus profond de mes abysses

À ce précieux moment
Comme dans un état orgasmique
Mon inspiration se fait lente
Chaque cellule s'imprègne
De cet embrasement si intense

Mon corps est en feu
Mon cœur exulte
Et mon âme bouillonne
Ma mémoire est en état de saturation
comme Hypnotisée par tant d'informations !

14
Toi mon cœur

Au fond de toi, ces illusions
maintenant si éphémères,
elles sont devenues amères,
celles qui t'ont bercée
pour échapper à la dure réalité,
celle de t'être trompé.

Ta bouche camoufle tes mots sourds et glaçants,
que des maux te glacent et se tassent,
ceux qui te consument de l'intérieur,
ceux qui t'enflamment l'âme,
ceux qui doivent maintenant être libérés,
ceux qui doivent maintenant briser ce silence
de tant d'errances, de tant d'ignorance.

C'est l'heure de t'alléger
c'est l'heure de te livrer et te délivrer

de baisser la garde, de percer l'abcès
et de vider le sac !
quoi qu'il se passe !
De lâcher ce passé dont tu dois te détacher
pour apaiser ton corps entier et pour libérer ton âme.

Regarde maintenant au fond de Toi !
Regarde maintenant au-delà des miroirs brisés !
pour mieux Te voir
pour mieux Te respecter
pour te Pardonner d'avoir trop donné
pour mieux T'Aimer
pour mieux Entendre les battements de ton cœur
pour mieux Apprécier sa douceur
pour adopter sa lenteur, au rythme hypnotique
sache qu'il te berce à toute heure
et qu'il dissipe nos peurs !

15
Qu’on se le dise !

Est-ce que tu veux que je te dise ?
Est-ce que tu réalises ?

Ô combien, il y a eu tant de méprises !

Ô combien tu as cherché ceux que tu idéalises !
Ceux qui, malgré eux, te condamnent
et se damnent eux-mêmes par cette peur qui divise !
Cette peur qui rivalise avec la mort
et attise d’autres peurs toujours
sur le chemin de l’erreur.

Ô combien, tu as oublié ta délicate flamme !
À force de tous ces blâmes infâmes !

Ô combien, tu as tu tous ces maux
Qui par leurs mots font tant écho !

Qui par leurs mensonges les plongent
Dans leur propre pénombre !

Est-ce que tu réalises
qu'à leurs propres bêtises
il est important que tu t'imperméabilises ?

16
Ô maux bien des mots !

Tu t'intéresses à moi
Au-delà, de mon apparence,
Cela est pour moi, bienveillance,
Cela me met tout en émoi.

Vois-tu, je suis poétesse,
Maîtresse de la Délicatesse,
Je te confie ce qui me vient à l'esprit
Car vois-tu
Bel inconnu,
Cette mise à nu
est à l'infini
Sans Prix !

J'apprécie ta tendresse
Bien encore, ta sagesse.
En fait, je pense

Ton intelligence
est d’une Éloquence !

Ô humble Mortel
Couvre le Ciel
De tant d’Hydromiel !

17
Introspection

Le secret est dans l'instant présent
Ce moment béni par le temps

Comme si suspendu
le temps offre un arrêt sur image
une invitation à contempler
ce Souffle de Vie qui transpire au travers nous.

Lâche prise
Observe l'eau qui chemine entre la source,
le ruisseau, le torrent pour se déverser dans l'océan,
s'évaporer et recommencer.

Ferme les yeux et respires
Ici, le souffle de ton énergie y est caché
C'est ton bien le plus précieux : ta liberté intérieure.

Tu observes, tu respires, tu es dans ce flot
Et parfois, c'est juste un méli-mélo
Et c'est juste dur
de te couper de ces étaux

Ici, nul besoin de faire plaisir à qui que ce soit
Ici, tu t'autorises
à être juste TOI
égal à ta lumière
Ton corps peut d'ailleurs y faire une pause
Et cela s'impose

Sois patient avec Toi
Sois Bienveillant avec ton Cœur
Le Joie est là, au fond de Toi.

18
Perpétuel Équilibre

Dépasser le rejet pour oser ce que tu es
Oser le respect avant d'être aimé
Veiller sur le bien **ÊTRE**
S'efforcer d'ÊTRE **SOI**
et permettre de **NAÎTRE À SOI**
Être vrai et aligné
Tant la force de l'esprit vise l'infini
Malgré tout ce qui se finit ici
Au rythme des AINSI.

19

Transcendant ciel !

Un beau matin
L'air de rien
Je surprends ton chagrin
Entre tes **mains**
Moi, ton Ange Gardien.

Et, je sais bien,
Avec tes airs enfantins,
Que tu viens de loin.
Ton Cœur, je le serre tout contre le mien
Pour de meilleurs lendemains
Et tu sens bien
Que nous sommes tous en **Lien**.
Comme un livre ouvert,
Tu partages toute Ton **Amitié**
À toute l'**Immensité**
Avec une telle **Intensité**
Quelle **Beauté** !

Frôler tes ailes,
Comme un essentiel
Où Admirer tes prunelles
Comme pour atteindre l'**Éternel** !

20
À la lueur de la lumière

Le soleil ne prêtait point encore
la Lumière au Monde.

Et quel Monde ? Le tien ? Le mien ?
Celui qui nous entoure ? nous inspire ?
nous immerge ?
Celui qui nous presse sans cesse ?
nous oppresse ?
Celui qui renferme notre essence profonde
Celui qui nous aspire vers les états de notre intérieur
Au rythme des va-et-vient de notre cœur ?

Peut-être celui auquel nous appartenons
et que nous ne cessons de parfaire à notre image ?
Monde aux milliers de reflets
Monde aux milliers de morceaux
Aux myriades d'individualités

si semblables et si opposées,
si parfaites et imparfaites,
si duelles et complémentaires,
À la fois.
Le soleil s'infiltrait maintenant alternativement jour
après jour à l'infini
dans chaque faille de ces espaces finis.

21
La force du silence

Maintenant, la plus forte de nous deux,
tu sais bien que c'est moi.

Ton silence en dit long.
Avec le temps, il se brise.
Plus ton âme s'enlise
et plus ta douleur s'éternise.

Je sais maintenant que ton silence
transpire le mensonge,
je sais que ton chantage s'effondre.
Je sais maintenant que
mon silence t'a protégé de ton méfait
Et pourtant, je croyais participer à ton bien-être,
Aussi infini,
qu'il ait pu sembler, si j'ai bien compris.
Ce silence qui te plaisait, te trahit aujourd'hui.

Ce silence vient de se rompre
au moment où il s'éteint avec toi, enfin.

Mon esprit a toujours été relié à celui-ci au final,
à ce que tu souhaitais obtenir à tout prix
et tu sais maintenant que la plus forte c'est moi,
car ton secret, j'en fais un bel incendie.

Car ce secret, dans lequel tu nous enfermes
depuis des années,
cache ta Vérité qui s'embrase à la Lumière.

La mienne est depuis longtemps
transcendée par un éclair infini
que j'ai cherché
et que j'ai trouvé à La Lumière de mon Énergie,
Car elle a toujours été bien en moi
et à moi,
et aujourd'hui, elle circule à grands pas
et me revient de plein droit.

Donc, bienvenue maintenant chez moi
et vois sa Force
Parles-en, en toute transparence
et en toute confiance
à La Lumière de la Vie,
sens vibrer sa Puissance.

22
À Toi

Parle-moi comme si tu t'adressais à toi-même
Choisis bien tes mots
Précise bien le sens
Pose bien tes intentions
Conscientise bien cette énergie
Car vois-tu,

Si tu entends au travers et au-delà des mots
et de tes maux
Alors tes yeux verront même fermés
ce qu'il est essentiel de voir entre toi et moi
et tu sentiras ton énergie mêlée
au monde qui t'entoure :

Cette énergie qui va et vient
Ce flot qui t'inspire
Ce flot qui frôle tes désirs les plus secrets

Ce flot qui t’aspire
Ce flot qui t’attire
Sur une rive aussi vide que pleine
D’essences qui par-delà leurs apparences
Reflète un champ infini de possibles
Dont la plus importante est celle de devenir SOI.

23
Pas à pas

Tout au long de notre vie sur terre
Nous cheminons comme ce lierre,
Nous progressons librement
Pas à pas,
Dans cet univers intérieur,
À ménager nos parts d'ombres
et nos parts de lumière,
À se délester du poids de nos guerres,
de leurs apparences les plus viles aux plus nobles
et aux plus stériles,

Avec toujours plus de cœur.
Ce cœur, qui dans certaines légendes, se pèse,
Qui saigne, qui cicatrise et qui transcende.
Notre cœur qui s'allège et s'apaise à chaque page.
Ainsi, notre barque est-elle menée
Ainsi, à travers la pénombre de l'Infinité

Ainsi vers la Lumière
de toute l'Immensité de notre Intimité,

À la recherche de notre Vérité.

24
Du souffle au trépas

Dans tes bras frémir
Dans tes yeux y mourir
Écrire
Et Écrire Encore
Et Écrire Encore et Toujours
Tous mes désirs
Tous nos soupirs
Ah nos regards illuminés de sourires
Ah nos âmes vibrantes à chacun de nos rires
Nos rituels
sont virtuels
Nos rituels
sont sensuels
Nos rituels
sont à la lueur de notre réel :
Ce ciel ouvert sur l'éternel
Sur Toi, sur Moi,
sur Notre Lune de Miel.

25
Danse des mots de maux

Les maux, je les couche.

Mes maux, je les observe,
je m'en approche,
je les touche,
je les soulève,
Je les soupèse,
Je les décortique avec les mots
avec tous ces mots
avec tous mes mots.

Ces mots que j'ose
Ces mots que je pose,
que j'allonge au kilomètre
au risque de se compromettre,

Mes mots qui forment des valses de lettres
et ces lettres que je me fais promettre
De lire et de relire
Pour oser être
et faire naître ce qui doit être.

Oser faire danser ces maux sur des mots
Oser les mettre en scène
Oser leur donner sens
Sans équivalence
Quand tout se balance dans ma tête
Épanchée à ta fenêtre
pour y décrocher un baiser.

26
Monde est monde

Dans ce monde
Où tout tourne en rond
Comme une ronde
De gauche à droite
De droite à gauche
Comme ce bébé
dont les yeux restent rivés
Sur tes pensées
Sur tes mélopées
Sur toutes ces données
Émerveillé
De tant de beauté
De cette immensité
À embrasser.

27

Tact, mots et motions

À me toucher
J'en suis toute retournée
À te parler
Je suis toute chahutée
Tes mains sont si adroites
Tes mains sont le sel de la paix
À tes mots et aux miens
Elles s'ajoutent pour faire monter le levain
Comme dans une recette
Chaque ingrédient apporte sa part
Et à chaque fois
Comme il se doit
Honorer le plat
Se délecter les papilles
Et sentir monter cette fièvre
Dans nos yeux qui brillent.

28
Nos mots

Parle-moi
Comme tu parles aux Dieux
Parle-moi
À chaque ébat
À chaque pas
Que je fais vers toi, vers moi,
Parle-moi
Choisis tes mots
Choisis leur pouvoir
Ceux qui s'enchevêtrent
Ceux qui font miroir pour Entrevoir l'Espoir
Ceux qui nous permettent d'Être Nous Deux
Et qui nous font Renaître, Unis

29
Alchimique

Sentir le rythme s'accélérer
Perdre pied
Comme un saut vertigineux
Sentir le tourbillon d'un air chaud qui aspire

Et trouver une accroche
Pour ralentir la respiration
Comme suspendre l'instant
Prendre le temps de plonger mes yeux dans les tiens
Suivre le fil invisible
qui rapproche les corps et les âmes

30
Notre dame

Je l’admire.

Il va s’en dire,
Qu’elle traverse le temps,
Quels que soient les vents,
Et quand, vers son ciel,
Je la gravite,
Du fond de mes prunelles,
J’y frôle bien l’éternel.

31
Soleil

Il nous fait entrevoir l'éternité
À travers son amour
Constant et inconditionnel.

Ainsi est-il, en fonction de lui,
Dans notre Univers.

Et pourtant,
Accroché dans notre ciel,
Nous le voyons en perpétuel duel.

Et pourtant,
Quelles que soient les zones d'ombres,
Il parvient à les toucher,
aussi loin soient-elles,
aussi recluses soient-elles,

aussi intériorisées soient-elles.
Il inonde chaque particule qu'il touche
et se propage à profusion.

Quels que soient nos maux les plus profonds,
Il délivre notre âme.

Pour, au final, nous permettre
de dépasser le temps et l'espace
En de subtiles énergies
Qui voyagent dans l'Univers
à la vitesse de la Lumière.

32
Altitude, latitude et attitude

La vie a peut-être un **sens**
Dans celui que tu lui trouves
Et peut-être qu'il y a un **chemin**,
Puis un autre
Et c'est ainsi, c'est OK

La beauté de ce cheminement vaut le détour
Car
À travers **ton rayonnement**
tu donnes et reçois
bien plus que tu ne crois

Tu évolues, aspiré toujours vers plus haut
Même s'il te faut de la patience
Pour évoluer par palier
pour, au final, briser
Ce plafond de verre
Qu'une **vibration** fera voler en éclat

Est si belle et sourde, cette explosion
Et si intense que toutes
les belles âmes
Qui t'accompagnent
S'enflammeront

Jusqu'à l'**envol**
Celui où plus rien
N'est pareil
Où le temps est comme suspendu
Où l'espace ne compte pas
Où tout est juste vibration intense
Cet embrasement est telle une **éclosion**
Un vase ouvert sur le monde,
Tellement beau
Que tu es inondé d'un bien-être
Si inconditionnel

Et tout cela sera juste
un merveilleux souvenir
Un rappel de ton essence divine

Celle d'où tu proviens
Celle à qui nous appartenons tous

Un rien
Un tout

Une étoile

Autour de qui nous tournons
Vers qui nous sommes attirés
Qui **nous conditionne**
Dans la tête
Dans nos vibrations

Toujours plus loin
Au plus profond de nous.

Son souffle
Nous pousse
Toujours plus loin
Pour compresser à 180 degrés
Notre cœur

Et **nous délivrer**
À chaque élan
nous transformer
Comme cet éternel recommencement,
comme un balancement,
si reposant,
Peut-être
Un refuge,
un espace-temps,
Toujours plus haut, pour un **REPOS :**
KATALUSIS.

Table des matières

Imprimé en France
Achevé d'imprimer en décembre 2022
Dépôt légal : septembre 2022

Pour

Le Lys Bleu Éditions
40, rue du Louvre
75001 Paris